Todos los libros de Linkgua Ediciones cuentan con modelos de Inteligencia Artificial entrenados por hispanistas. Pregúntale al chat de tu libro lo que desees acerca de la obra o su autor/a.

Para ebooks: Accede a nuestro modelo de IA a través de este enlace.

Para libros impresos: Escanea el código QR de la portada con tu dispositivo móvil.

Obtén análisis detallados de nuestros libros, resúmenes, respuestas a tus preguntas y accede a nuestras ediciones críticas generativas para una experiencia de lectura más enriquecedora.
La transparencia y el respeto hacia la autoría de las fuentes utilizadas son distintivos básicos de nuestro proyecto. Por ello, las respuestas ofrecen, mediante un sistema de citas, las fuentes con las que han sido elaboradas.

Pedro Calderón de la Barca

El gran teatro del mundo

Auto sacramental

Barcelona 2024
Linkgua-ediciones.com

Créditos

Título original: El gran teatro del mundo.

e-mail: info@Linkgua.com

Diseño de la colección: Michel Mallard.

ISBN rústica ilustrada: 978-84-9007-542-5.
ISBN tapa dura: 978-84-1126-698-7.
ISBN rústica: 978-84-96428-38-6.
ISBN ebook: 978-84-9897-232-0.

Sumario

Créditos 4

Brevísima presentación 7
La vida 7

El gran teatro del mundo 9

Personajes 10

Acto único 11

Libros a la carta 77

Brevísima presentación

La vida

Pedro Calderón de la Barca (Madrid, 1600-Madrid, 1681). España.

Su padre era noble y escribano en el consejo de hacienda del rey. Se educó en el colegio imperial de los jesuitas y más tarde entró en las universidades de Alcalá y Salamanca, aunque no se sabe si llegó a graduarse.

Tuvo una juventud turbulenta. Incluso se le acusa de la muerte de algunos de sus enemigos. En 1621 se negó a ser sacerdote, y poco después, en 1623, empezó a escribir y estrenar obras de teatro.

Lope de Vega elogió sus obras, pero en 1629 dejaron de ser amigos tras un extraño incidente: un hermano de Calderón fue agredido y, éste al perseguir al atacante, entró en un convento donde vivía como monja la hija de Lope.

Entre 1635 y 1637, Calderón de la Barca fue nombrado caballero de la Orden de Santiago. Por entonces publicó veinticuatro comedias en dos volúmenes y *La vida es sueño* (1636). En la década siguiente vivió en Cataluña y, entre 1640 y 1642, combatió con las tropas castellanas. Sin embargo, su salud se quebrantó y abandonó la vida militar. Entre 1647 y 1649 la muerte de la reina y después la del príncipe heredero provocaron el cierre de los teatros, por lo que Calderón tuvo que limitarse a escribir autos sacramentales.

Calderón murió mientras trabajaba en una comedia dedicada a la reina María Luisa.

Este auto sacramental es una pieza crucial para entender el nihilismo Barroco, la sensación de que el mundo es una fantasmagoría que marcó el declive del imperio español. La obra destaca por su percepción del mundo como algo alucinante y su extraña religiosidad.

El gran teatro del mundo

Personajes

Acompañamiento
El Autor
El Labrador
El Mundo
El Pobre
El Rey
El Rico
La Discreción
La Hermosura
La Ley de Gracia
Un Niño
Una Voz

Acto único

Sale el Autor con manto de estrellas y potencias en el sombrero.

Autor

Hermosa compostura
de esa varia inferior arquitectura,
que entre sombras y lejos
a esta celeste usurpas los reflejos,
cuando con flores bellas
el número compite a sus estrellas,
siendo con resplandores
humano cielo de caducas flores.
Campaña de elementos,
con montes, rayos, piélagos y vientos:
con vientos donde graves
te surcan los bajeles de las aves;
con piélagos y mares donde a veces
te vuelan las escuadras de los peces;
con rayos donde ciego
te ilumina la cólera del fuego;
con montes donde dueños absolutos
te pasean los hombres y los brutos:
siendo en continua guerra
monstruo de fuego y aire, de agua y tierra.
Tú, que siempre diverso,
la fábrica feliz del universo,
eres, primer prodigio sin segundo,
y por llamarte de una vez, tú el Mundo,
que naces como el Fénix y en su fama
de tus mismas cenizas.

(Sale el Mundo por diversa puerta.)

Mundo

¿Quién me llama,
que desde el duro centro
de aqueste globo que me esconde dentro
alas viste veloces?
¿Quién me saca de mí? ¿Quién me da voces?

Autor

Es tu Autor Soberano.
De mi voz un suspiro, de mi mano
un rasgo es quien te informa,
y a su oscura materia le da forma.

Mundo

Pues ¿qué es lo que me mandas?
¿Qué me quieres?

Autor

Pues soy tu Autor, y tú mi hechura eres,
hoy, de un concepto mío
la ejecución a tus aplausos fío.
Una fiesta hacer quiero
a mi mismo poder, si considero
que solo a ostentación de mi grandeza
fiestas hará la gran naturaleza;
y como siempre ha sido
lo que más ha alegrado y divertido
la representación bien aplaudida,
y es representación la humana vida,
una comedia sea
la que hoy el cielo en tu teatro vea.
Si soy Autor y si la fiesta es mía,
por fuerza la ha de hacer mi compañía.

Y pues que yo escogí de los primeros
los hombres, y ellos son mis compañeros,
ellos, en el Teatro
del mundo, que contiene partes cuatro,
con estilo oportuno
han de representar. Yo a cada uno
el papel le daré que le convenga,
y porque en fiesta igual su parte tenga
el hermoso aparato
de apariencias, de trajes el ornato,
hoy prevenido quiero
que, alegre, liberal y lisonjero,
fabriques apariencias
que de dudas se pasen a evidencias.
Seremos, yo el Autor, en un instante,
tú el teatro, y el hombre el recitante.

Mundo

Autor generoso mío,
a cuyo poder, a cuyo
acento obedece todo,
yo, el gran Teatro del mundo,
para que en mí representen
los hombres, y cada uno
halle en mí la prevención
que le impone al papel suyo,
como parte obediencial,
que solamente ejecuto
lo que ordenas, que aunque es mía
la obra, es milagro tuyo.
Primeramente porque es
de más contento y más gusto
no ver el tablado antes

que esté el personaje a punto,
lo tendré de un negro velo
todo cubierto y oculto,
que sea un caos donde estén
los materiales confusos.
Correrase aquella niebla
y, huyendo el vapor oscuro,
para alumbrar el teatro
(porque adonde luz no hubo
no hubo fiesta), alumbrarán
dos luminares, el uno
divino farol del día,
y de la noche nocturno
farol el otro, a quien ardan
mil luminosos carbunclos,
que en la frente de la noche
den vividores influjos.
En la primera jornada,
sencillo y cándido nudo
de la gran ley natural,
allá en los primeros lustros
aparecerá un jardín
con bellísimos dibujos,
ingeniosas perspectivas,
que se dude cómo supo
la naturaleza hacer
tan gran lienzo sin estudio.
Las flores mal despuntadas
de sus rosados capullos
saldrán la primera vez
a ver el Alba en confuso.
Los árboles estarán

llenos de sabrosos frutos,
si ya el áspid de la envidia
no da veneno en alguno.
Quebraranse mil cristales
en guijas, dando su curso
para que el Alba los llore
mil aljófares menudos.
Y para que más campee
este humano cielo juzgo
que estará bien engastado
de varios campos incultos.
Donde fueren menester
montes y valles profundos
habrá valles, habrá montes;
y ríos, sagaz y astuto,
haciendo zanjas la tierra,
llevaré por sus condutos
brazos de mar desangrados
que corran por varios rumbos.
Vista la primera scena
sin edificio ninguno,
en un instante verás
cómo repúblicas fundo,
cómo ciudades fabrico,
cómo alcázares descubro.
Y cuando solicitados
montes fatiguen algunos
a la tierra con el peso
y a los aires con el bulto,
mudaré todo el teatro
porque todo, mal seguro,
se verá cubierto de agua

a la saña de un diluvio.
En medio de tanto golfo,
a los flujos y reflujos
de ondas y nubes, vendrá
haciendo ignorados surcos
por las aguas un bajel
que fluctuando seguro
traerá su vientre preñado
de hombres, de aves y de brutos.
A la seña que, en el cielo,
de paz hará un arco rubio
de tres colores, pajizo,
tornasolado y purpúreo,
todo el gremio de las ondas
obediente a su estatuto
hará lugar, observando
leyes que primero tuvo,
a la cerviz de la tierra
que, sacudiéndose el yugo,
descollará su semblante,
bien que macilento y mustio.
Acabado el primer acto,
luego empezará el segundo,
Ley Escrita en que poner
más apariencias procuro,
pues para pasar a ella
pasarán con pies enjutos
los hebreos desde Egipto
los cristales del mar rubio;
amontonadas las aguas,
verá el Sol que le descubro
los más ignorados senos

que ha mirado en tantos lustros.
Con dos columnas de fuego
ya me parece que alumbro
el desierto antes de entrar
en el prometido fruto.
Para salir con la ley,
Moisés a un monte robusto
le arrebatará una nube
en el rapto vuelo suyo.
Y esta Jornada segunda
fin tendrá en un furibundo
eclipse, en que todo el Sol
se ha de ver casi difunto.
Al último parasismo
se verá el orbe cerúleo
titubear, borrando tantos
paralelos y coluros.
Sacudiranse los montes
y delirarán los muros,
dejando en pálidas ruinas
tanto escándalo caduco.
Y empezará la tercera
jornada, donde hay anuncios
que habrá mayores portentos,
por ser los milagros muchos
de la Ley de Gracia, en que
ociosamente discurro.
Con lo cual en tres jornadas,
tres leyes y un estatuto,
los hombres dividirán
las tres edades del mundo;
hasta que al último paso

todo el tablado, que tuvo
tan grande aparato en sí,
una llama, un rayo puro
cubrirá porque no falte
fuego en la fiesta... ¿Qué mucho
que aquí, balbuciente el labio,
quede absorto, quede mudo?
De pensarlo, me estremezco,
de imaginarlo, me turbo;
de repetirlo, me asombro;
de acordarlo, me consumo.
Mas ¡dilátese esta escena,
este paso horrible y duro,
tanto, que nunca le vean
todos los siglos futuros!
Prodigios verán los hombres
en tres actos, y ninguno
a su representación
faltará por mí en el uso.
Y pues que ya he prevenido
cuanto al teatro, presumo
que está todo ahora; cuanto
al vestuario, no dudo
que allá en tu mente le tienes,
pues allá en tu mente juntos,
antes de nacer, los hombres
tienen los aplausos suyos.
Y para que desde ti
a representar al mundo
salgan y vuelvan a entrarse,
ya previno mi discurso
dos puertas: la una es la cuna

y la otra es el sepulcro.
Y para que no les falten
las galas y adornos juntos,
para vestir los papeles
tendré prevenido a punto
al que hubiere de hacer rey,
púrpura y laurel augusto;
al valiente capitán,
armas, valores y triunfos;
al que ha de hacer el ministro,
libros, escuelas y estudios.
Al religioso, obediencias;
al facineroso, insultos;
al noble le daré honras,
y libertades al vulgo.
Al labrador, que a la tierra
ha de hacer fértil a puro
afán, por culpa de un necio,
le daré instrumentos rudos.
A la que hubiere de hacer
la dama, le daré sumo
adorno en las perfecciones,
dulce veneno de muchos.
Solo no vestiré al pobre
porque es papel de desnudo,
porque ninguno después
se queje de que no tuvo
para hacer bien su papel
todo el adorno que pudo,
pues el que bien no le hiciere
será por defecto suyo,
no mío. Y pues que ya tengo

todo el aparato junto,
¡venid, mortales, venid
a adornaros cada uno
para que representéis
en el Teatro del mundo!

(Vase.)

Autor

Mortales que aún no vivís
y ya os llamo yo mortales,
pues en mi concepto iguales
antes de ser asistís;
aunque mis voces no oís,
venid a aquestos vergeles,
que ceñido de laureles,
cedros y palma os espero,
porque yo entre todos quiero
repartir estos papeles.

(Salen el Rico, el Rey, el Labrador, el Pobre y la Hermosura, la Discreción y un Niño.)

Rey

Ya estamos a tu obediencia,
Autor nuestro, que no ha sido
necesario haber nacido
para estar en tu presencia.
Alma, sentido, potencia,
vida, ni razón tenemos;
todos informes nos vemos,
polvo somos de tus pies.
Sopla aqueste polvo, pues,
para que representemos.

Hermosura

Solo en tu concepto estamos,
ni animamos ni vivimos,
ni tocamos ni sentimos,
ni del bien ni el mal gozamos;
pero, si hacia el mundo vamos
todos a representar,
los papeles puedes dar,
pues en aquesta ocasión
no tenemos elección
para haberlos de tomar.

Labrador

Autor mío soberano
a quien conozco desde hoy,
a tu mandamiento estoy
como hechura de tu mano,
y pues tú sabes, y es llano
porque en Dios no hay ignorar,
qué papel me puedes dar,
si yo errare ese papel,
no me podré quejar de él,
de mí me podré quejar.

Autor

Ya sé que si para ser
el hombre elección tuviera,
ninguno el papel quisiera
del sentir y padecer;
todos quisieran hacer
el de mandar y regir,
sin mirar, sin advertir
que en acto tan singular
aquello es representar,

aunque piense que es vivir.
Pero yo, Autor soberano,
sé bien qué papel hará
mejor cada uno; así va
repartiéndolos mi mano.
Haz tú el Rey.

(Da su papel a cada uno.)

Rey — Honores gano.

Autor — La dama, que es la hermosura
humana, tú.

Hermosura — ¡Qué ventura!

Autor — Haz tú al rico, al poderoso.

Rico — En fin, nazco venturoso
a ver del Sol la luz pura.

Autor — Tú has de hacer al labrador.

Labrador — ¿Es oficio o beneficio?

Autor — Es un trabajoso oficio.

Labrador — Seré mal trabajador.
Por vida vuestra, Señor,
que aunque soy hijo de Adán,
que no me deis este afán,
aunque me deis posesiones,

porque tengo presumpciones
que he de ser grande holgazán.
De mi natural infiero,
con ser tan nuevo, Señor,
que seré mal cavador
y seré peor quintero;
si aquí valiera un «no quiero»
dijérale, mas delante
de un autor tan elegante,
nada un «no quiero» remedia,
y así seré en la comedia
el peor representante.
Como sois cuerdo, me dais
como el talento el oficio,
y así mi poco juicio
sufrís y disimuláis;
nieve como lana dais;
justo sois, no hay que quejarme;
y pues que ya perdonarme
vuestro amor me muestra en él,
yo haré, Señor, mi papel
despacio por no cansarme.

Autor — Tú la discreción harás.

Discreción — Venturoso estado sigo.

Autor — Haz tú al mísero, al mendigo.

Pobre — ¿Aqueste papel me das?

Autor — Tú sin nacer morirás.

Niño — Poco estudio el papel tiene.

Autor — Así mi ciencia previene
que represente el que viva.
Justicia distributiva
soy, y es lo que os conviene.

Pobre — Si yo pudiera excusarme
deste papel, me excusara,
cuando mi vida repara
en el que has querido darme;
y ya que no declararme
puedo, aunque atrevido quiera,
le tomo, mas considera,
ya que he de hacer el mendigo,
no, Señor, lo que te digo,
lo que decirte quisiera.
¿Por qué tengo de hacer yo
el pobre en esta comedia?
¿Para mí ha de ser tragedia,
y para los otros no?
¿Cuando este papel me dio
tu mano, no me dio en él
igual alma a la de aquel
que hace al rey? ¿Igual sentido?
¿Igual ser? Pues ¿por qué ha sido
tan desigual mi papel?
Si de otro barro me hicieras,
si de otra alma me adornaras,
menos vida me fiaras,
menos sentidos me dieras;

ya parece que tuvieras
otro motivo, Señor;
pero parece rigor,
perdona decir cruel,
el ser mejor su papel
no siendo su ser mejor.

Autor

En la representación
igualmente satisface
el que bien al pobre hace
con afecto, alma y acción
como el que hace al rey, y son
iguales este y aquel
en acabando el papel.
Haz tú bien el tuyo y piensa
que para la recompensa
yo te igualaré con él.
No porque pena te sobre,
siendo pobre, es en mi ley
mejor papel el del rey
si hace bien el suyo el pobre;
uno y otro de mí cobre
todo el salario después
que haya merecido, pues
con cualquier papel se gana,
que toda la vida humana
representaciones es.
Y la comedia acabada
ha de cenar a mi lado
el que haya representado,
sin haber errado en nada,
su parte más acertada;

allí igualaré a los dos.

Hermosura Pues decidnos, Señor, Vos,
¿cómo en lengua de la fama
esta comedia se llama?

Autor Obrar bien, que Dios es Dios.

Rey Mucho importa que no erremos
comedia tan misteriosa.

Rico Para eso es acción forzosa
que primero la ensayemos.

Discreción ¿Cómo ensayarla podremos
si nos llegamos a ver
sin luz, sin alma y sin ser
antes de representar?

Pobre Pues ¿cómo sin ensayar
la comedia se ha de hacer?

Labrador Del pobre apruebo la queja,
que lo siento así, Señor,
que son pobre y labrador
para par a la pareja.
Aun una comedia vieja
harta de representar,
si no se vuelve a ensayar
se yerra cuando se prueba.
Si no se ensaya esta nueva,
¿cómo se podrá acertar?

Autor
Llegando ahora a advertir
que, siendo el cielo juez,
se ha de acertar de una vez
cuanto es nacer y morir.

Hermosura
Pues ¿el entrar y salir
cómo lo hemos de saber
ni a qué tiempo haya de ser?

Autor
Aun eso se ha de ignorar,
y de una vez acertar
cuanto es morir y nacer.
Estad siempre prevenidos
para acabar el papel;
que yo os llamaré al fin dél.

Pobre
¿Y si acaso los sentidos
tal vez se miran perdidos?

Autor
Para eso, común grey,
tendré, desde el pobre al rey,
para enmendar al que errare
y enseñar al que ignorare,
con el apunto a mi Ley;
ella a todos os dirá
lo que habéis de hacer, y así
nunca os quejareis de mí.
Albedrío tenéis ya,
y pues prevenido está
el teatro, vos y vos
medid las distancias dos

de la vida.

(Vase.)

Discreción ¿Qué esperamos?
¡Vamos al teatro!

Todos ¡Vamos
a obrar bien, que Dios es Dios!

(Al irse a entrar, sale el Mundo y detiénelos.)

Mundo Ya está todo prevenido
para que se represente
esta comedia aparente
que hace el humano sentido.

Rey Púrpura y laurel te pido.

Mundo ¿Por qué púrpura y laurel?

Rey Porque hago este papel.

(Enséñale el papel, y toma la púrpura y corona, y vase.)

Mundo Ya aquí prevenido está.

Hermosura A mí matices me da
de jazmín, rosa y clavel.
Hoja a hoja y rayo a rayo
se desaten a porfía
todas las luces del día,

todas las flores de mayo;
padezca mortal desmayo
de envidia al mirarme el Sol,
y como a tanto arrebol
el girasol ver desea,
la flor de mis luces sea
siendo el Sol mi girasol.

Mundo — Pues ¿cómo vienes tan vana
a representar al mundo?

Hermosura — En este papel me fundo.

Mundo — ¿Quién es?

Hermosura — La hermosura humana.

Mundo — Cristal, carmín, nieve y grana
pulan sombras y bosquejos
que te afeiten de reflejos.

(Dale un ramillete.)

Hermosura — Pródiga estoy de colores.
Servidme de alfombra, flores;
sed, cristales, mis espejos.

(Vase.)

Rico — Dadme riquezas a mí,
dichas y felicidades,
pues para prosperidades

hoy vengo a vivir aquí.

Mundo — Mis entrañas para ti
a pedazos romperé;
de mis senos sacaré
toda la plata y el oro,
que en avariento tesoro
tanto encerrado oculté.

(Dale joyas.)

Rico — Soberbio y desvanecido
con tantas riquezas voy.

(Vase.)

Discreción — Yo, para mi papel, hoy
tierra en que vivir te pido.

Mundo — ¿Qué papel el tuyo ha sido?

Discreción — La discreción estudiosa.

Mundo — Discreción tan religiosa
tome ayuno y oración.

(Dale cilicio y diciplina.)

Discreción — No fuera yo Discreción
tomando de ti otra cosa.

(Vase.)

Mundo ¿Cómo tú entras sin pedir
para el papel que has de hacer?

Niño Como no te he menester
para lo que he de vivir...
Sin nacer he de morir,
en ti no tengo de estar
más tiempo que el de pasar
de una cárcel a otra oscura,
y para una sepultura
por fuerza me la has de dar.

(Vase.)

Mundo ¿Qué pides tú, di, grosero?

Labrador Lo que le diera yo a él.

Mundo Ea, muestra tu papel.

Labrador Ea, digo que no quiero.

Mundo De tu proceder infiero
que como bruto gañán
habrás de ganar tu pan.

Labrador Esas mis desdichas son.

Mundo Pues toma aqueste azadón.

(Dale un azadón.)

Labrador

Esta es la herencia de Adán.
Señor Adán, bien pudiera,
pues tanto llegó a saber,
conocer que su mujer
pecaba de bachillera;
dejárala que comiera
y no la ayudara él;
mas como amante cruel
dirá que se lo rogó,
y así tan mal como yo
representó su papel.

(Vase.)

Pobre

Ya que a todos darles dichas,
gustos y contentos vi,
dame pesares a mí,
dame penas y desdichas;
no de las venturas dichas
quiero púrpura y laurel;
deste colores, de aquel
plata ni oro no he querido.
Solo remiendos te pido.

Mundo

¿Qué papel es tu papel?

Pobre

Es mi papel la aflicción,
es la angustia, es la miseria,
la desdicha, la pasión,
el dolor, la compasión,
el suspirar, el gemir,

el padecer, el sentir,
importunar y rogar,
el nunca tener que dar,
el siempre haber de pedir.
El desprecio, la esquivez,
el baldón, el sentimiento,
la vergüenza, el sufrimiento,
la hambre, la desnudez,
el llanto, la mendiguez,
la inmundicia, la bajeza,
el desconsuelo y pobreza,
la sed, la penalidad,
y es la vil necesidad,
que todo esto es la pobreza.

Mundo — A ti nada te he de dar,
que el que haciendo al pobre vive
nada del mundo recibe,
antes te pienso quitar
estas ropas, que has de andar
(Desnúdale.) desnudo, para que acuda
yo a mi cargo, no se duda.

Pobre — En fin, este mundo triste
al que está vestido viste
y al desnudo le desnuda.

Mundo — Ya que de varios estados
está el teatro cubierto,
pues un rey en él advierto,
con imperios dilatados;
beldad a cuyos cuidados

se adormecen los sentidos,
poderosos aplaudidos,
mendigos, menesterosos,
labradores, religiosos,
que son los introducidos
para hacer los personajes
de la comedia de hoy,
a quien yo el teatro doy,
las vestiduras y trajes,
de limosnas y de ultrajes,
¡sal, divino Autor, a ver
las fiestas que te han de hacer
los hombres! ¡Ábrase el centro
de la tierra, pues que dentro
della la scena ha de ser!

(Con música se abren a un tiempo dos globos: en el uno estará un trono de gloria, y en él el Autor sentado; en el otro ha de haber representación con dos puertas: en la una pintada una cuna y en la otra un ataúd.)

Autor

Pues para grandeza mía
aquesta fiesta he trazado,
en este trono sentado,
adonde es eterno el día,
he de ver mi compañía.
Hombres que salís al suelo
por una cuna de yelo
y por un sepulcro entráis,
ved cómo representáis,
que os ve el Autor desde el cielo.

(Sale la Discreción con un instrumento, y canta.)

Discreción

Alaben al Señor de tierra y cielo,
el Sol, Luna y estrellas;
alábenle las bellas
flores que son caracteres del suelo;
alábele la luz, el fuego, el yelo,
la escarcha y el rocío,
el invierno y estío,
y cuanto esté debajo de ese velo
que en visos celestiales,
árbitro es de los bienes y los males.

(Vase.)

Autor

Nada me suena mejor
que en voz del hombre este fiel
himno que cantó Daniel
para templar el furor
de Nabuco-Donosor.

Mundo

¿Quién hoy la loa echará?
Pero en la apariencia ya
la ley convida a su voz
que como corre veloz,
en elevación está
sobre la haz de la tierra.

(Aparece la Ley de Gracia con una elevación, que estará sobre donde estuviere el Mundo, con un papel en la mano.)

Ley

Yo, que Ley de Gracia soy,

la fiesta introduzgo hoy;
para enmendar al que yerra
en este papel se encierra
la gran comedia, que Vos
compusisteis solo en dos
versos que dicen así:
(Canta.) Ama al otro como a ti,
y obra bien, que Dios es Dios.

Mundo La Ley después de la loa,
con el apunto quedó.
Vitoriar quisiera aquí
pues me representa a mí:
vulgo desta fiesta soy;
mas callaré porque empieza
ya la representación.

(Sale la Hermosura y la Discreción por la puerta de la cuna.)

Hermosura Vente conmigo a espaciar
por estos campos que son
felice patria del Mayo,
dulce lisonja del Sol;
pues solo a los dos conocen,
dando solos a los dos,
resplandores, rayo a rayo,
y matices, flor a flor.

Discreción Ya sabes que nunca gusto
de salir de casa yo,
quebrantando la clausura
de mi apacible prisión.

Hermosura

¿Todo ha de ser para ti
austeridad y rigor?
¿No ha de haber placer un día?
Dios, di, ¿para qué crió
flores, si no ha de gozar
el olfato el blando olor
de sus fragrantes aromas?
¿Para qué aves engendró,
que en cláusulas lisonjeras
cítaras de pluma son,
si el oído no ha de oírlas?
¿Para qué galas, si no
las ha de romper el tacto
con generosa ambición?
¿Para qué las dulces frutas,
si no sirve su sazón
de dar al gusto manjares
de un sabor y otro sabor?
¿Para qué hizo Dios, en fin,
montes, valles, cielos, Sol,
si no han de verlo los ojos?
Ya parece, y con razón,
ingratitud no gozar
las maravillas de Dios.

Discreción

Gozarlas para admirarlas
es justa y lícita acción,
y darle gracias por ellas;
gozar las bellezas no
para usar dellas tan mal
que te persuadas que son

para verlas las criaturas,
sin memoria del Criador.
Yo no he de salir de casa;
ya escogí esta religión
para sepultar mi vida;
por eso soy Discreción.

Hermosura — Yo, para eso, Hermosura
a ver y a ser vista voy.

(Apártanse.)

Mundo — Poco tiempo se avinieron
Hermosura y Discreción.

Hermosura — Ponga redes mi cabello,
y ponga lazos mi amor
al más tibio afecto, al más
retirado corazón.

Mundo — Una acierta y otra yerra
su papel de aquestas dos.

Discreción — ¿Qué haré yo para emplear
bien mi ingenio?

Hermosura — ¿Qué haré yo
para lograr mi hermosura?

Ley (Canta.) — Obrar bien, que Dios es Dios.

Mundo — Con oírse aquí el apunto

la Hermosura no le oyó.

(Sale el Rico.)

Rico

Pues pródigamente el cielo
hacienda y poder me dio,
pródigamente se gaste
en lo que delicias son.
Nada me parezca bien
que no lo apetezca yo;
registre mi mesa cuanto
o corre o vuela veloz.
Sea mi lecho la esfera
de Venus, y en conclusión
la pereza y las delicias,
gula, envidia y ambición
hoy mis sentidos posean.

(Sale el Labrador.)

Labrador

¿Quién vio trabajo mayor
que el mío? Yo rompo el pecho
a quien el suyo me dio
porque el alimento mío
en esto se me libró.
Del arado que la cruza
la cara, ministro soy,
pagándola el beneficio
en aquestos que la doy.
Hoz y azada son mis armas;
con ellas riñendo estoy,
con las cepas, con la azada,

con las mieses, con la hoz.
En el mes de abril y mayo
tengo hidrópica pasión,
y si me quitan el agua
entonces estoy peor.
En cargando algún tributo,
de aqueste siglo pensión,
encara la puntería
contra el triste labrador.
Mas, pues trabajo y lo sudo,
los frutos de mi labor
me ha de pagar quien los compre
al precio que quiera yo.
No quiero guardar la tasa
ni seguir más la opinión
de quién, porque ha de comprar,
culpa a quien no la guardó.
Y yo sé que si no llueve
este abril, que ruego a Dios
que no llueva, ha de valer
muchos ducados mi troj.
Con esto un Nabal-Carmelo
seré de aquesta región
y me habrán menester todos;
pero muy hinchado yo,
entonces, ¿qué podré hacer?

Ley (Canta.) Obrar bien, que Dios es Dios.

Discreción ¿Cómo el apunto no oíste?

Labrador Como sordo a tiempos soy.

Mundo — Él al fin se está en sus trece.

Labrador — Y aun en mis catorce estoy.

(Sale el Pobre.)

Pobre — De cuantos el mundo viven,
¿quién mayor miseria vio
que la mía? Aqueste suelo
es el más dulce y mejor
lecho mío que, aunque es
todo el cielo pabellón
suyo, descubierto está
a la escarcha y al calor;
la hambre y la sed me afligen.
¡Dadme paciencia, mi Dios!

Rico — ¿Qué haré yo para ostentar
mi riqueza?

Pobre — ¿Qué haré yo
para sufrir mis desdichas?

Ley (Canta.) — Obrar bien, que Dios es Dios.

Pobre — ¡Oh, cómo esta voz consuela!

Rico — ¡Oh, cómo cansa esta voz!

Discreción — El Rey sale a estos jardines.

Rico ¡Cuánto siente mi ambición
postrarse a nadie!

Hermosura Delante
dél he de ponerme yo
para ver si mi hermosura
pudo rendirle a mi amor.

Labrador Yo detrás; no se le antoje,
viendo que soy labrador,
darme con un nuevo arbitrio,
pues no espero otro favor.

(Sale el Rey.)

Rey A mi dilatado imperio
estrechos límites son
cuantas contiene provincias
esta máquina inferior.
De cuanto circunda el mar
y de cuanto alumbra el Sol
soy el absoluto dueño,
soy el supremo señor.
Los vasallos de mi imperio
se postran por donde voy.
¿Qué he menester yo en el mundo?

Ley (Canta.) Obrar bien, que Dios es Dios.

Mundo A cada uno va diciendo
el apunto lo mejor.

Pobre Desde la miseria mía

mirando infelice estoy
ajenas felicidades.
El rey, supremo señor,
goza de la majestad
sin acordarse que yo
necesito dél; la dama,
atenta a su presumpción,
no sabe si hay en el mundo
necesidad y dolor;
la religiosa, que siempre
se ha ocupado en oración,
si bien a Dios sirve, sirve
con comodidad a Dios.
El labrador, si cansado
viene del campo, ya halló
honesta mesa su hambre,
si opulenta mesa no;
al rico le sobra todo;
y solo, en el mundo, yo
hoy de todos necesito,
y así llego a todos hoy,
porque ellos viven sin mí
pero yo sin ellos no.
A la Hermosura me atrevo
a pedir. Dadme, por Dios,
limosna.

Hermosura — Decidme, fuentes,
pues que mis espejos sois,
¿qué galas me están más bien?,
¿qué rizos me están mejor?

Pobre ¿No me veis?

Mundo Necio, ¿no miras
que es vana tu pretensión?
¿Por qué ha de cuidar de ti
quien de sí se descuidó?

Pobre Pues, que tanta hacienda os sobra,
dadme una limosna vos.

Rico ¿No hay puertas donde llamar?
¿Así os entráis donde estoy?
En el umbral del zaguán
pudierais llamar, y no
haber llegado hasta aquí.

Pobre No me tratéis con rigor.

Rico Pobre importuno, idos luego.

Pobre Quien tanto desperdició
por su gusto, ¿no dará
alguna limosna?

Rico No.

Mundo El avariento y el pobre
de la parábola, son.

Pobre Pues a mi necesidad
le falta ley y razón,
atrevereme al Rey mismo.

Dadme limosna, Señor.

Rey

Para eso tengo ya
mi limosnero mayor.

Mundo

Con sus ministros el Rey
su conciencia aseguró.

Pobre

Labrador, pues recibís
de la bendición de Dios
por un grano que sembráis
tanta multiplicación,
mi necesidad os pide
limosna.

Labrador

Si me lo dio
Dios, buen arar y sembrar
y buen sudor me costó.
Decid: ¿no tenéis vergüenza
que un hombrazo como vos
pida? ¡Servid, noramala!
No os andéis hecho bribón.
Y si os falta que comer,
tomad aqueste azadón,
con que lo podéis ganar.

Pobre

En la comedia de hoy
yo el papel de pobre hago,
no hago el del labrador.

Labrador

Pues, amigo, en su papel
no le ha mandado el Autor

pedir no más y holgar siempre,
que el trabajo y el sudor
es proprio papel del pobre.

Pobre — Sea por amor de Dios.
Riguroso, hermano, estáis.

Labrador — Y muy pedigüeño vos.

Pobre — Dadme vos algún consuelo.

Discreción — Tomad, y dadme perdón.

(Dale un pan.)

Pobre — Limosna de pan, señora,
era fuerza hallarla en vos,
porque el pan que nos sustenta
ha de dar la Religión.

Discreción — ¡Ay de mí!

Rey — ¿Qué es esto?

Pobre — Es
alguna tribulación
que la Religión padece.

(Va a caer la Religión, y la da el Rey la mano.)

Rey — Llegaré a tenerla yo.

Discreción — Es fuerza; que nadie puede
sustentarla como vos.

Autor — Yo bien pudiera enmendar
los yerros que viendo estoy;
pero por eso les di
albedrío superior
a las pasiones humanas,
por no quitarles la acción
de merecer con sus obras;
y así dejo a todos hoy
hacer libres sus papeles,
y en aquella confusión
donde obran todos juntos,
miro en cada uno yo,
diciéndoles por mi ley.

Ley (Canta.) — Obrar bien, que Dios es Dios.
[Recita. A cada uno por sí
y a todos juntos, mi voz
ha advertido; ya con esto
su culpa será su error.
(Canta.) Ama al otro como a ti,
y obrar bien, que Dios es Dios.

Rey — Supuesto que es esta vida
una representación,
y que vamos un camino
todos juntos, haga hoy
del camino la llaneza,
común la conversación.

Hermosura — No hubiera mundo a no haber
esa comunicación.

Rico — Diga un cuento cada uno.

Discreción — Será prolijo; mejor
será que cada uno diga
qué está en su imaginación.

Rey — Viendo estoy mis imperios dilatados,
mi majestad, mi gloria, mi grandeza,
en cuya variedad naturaleza
perficionó de espacio sus cuidados.
Alcázares poseo levantados,
mi vasalla ha nacido la belleza.
La humildad de unos, de otros la riqueza,
triunfo son al arbitrio de los hados.
Para regir tan desigual, tan fuerte
monstruo de muchos cuellos, me concedan
los cielos atenciones más felices.
Ciencia me den con que a regir acierte,
que es imposible que domarse puedan
con un yugo no más tantas cervices.

Mundo — Ciencia para gobernar
pide, como Salomón.

(Canta una voz triste dentro, a la parte que está la puerta del ataúd.)

Voz — Rey de ese caduco imperio,
cese, cese tu ambición,

que en el teatro del mundo
ya tu papel se acabó.

Rey

Que ya acabó mi papel
me dice una triste voz,
que me ha dejado al oírla
sin discurso ni razón.
Pues se acabó el papel, quiero
entrarme; mas ¿dónde voy?
Porque a la primera puerta,
donde mi cuna se vio,
no puedo, ¡ay de mí!, no puedo
retroceder. ¡Qué rigor!
¡No poder hacia la cuna
dar un paso!... ¡Todos son
hacia el sepulcro!... Que el río
que, brazo de mar, huyó,
vuelva a ser mar; que la fuente
que salió del río, ¡qué horror!,
vuelva a ser río; el arroyo,
que de la fuente corrió,
vuelva a ser fuente; y el hombre,
que de su centro salió,
vuelva a su centro, a no ser
lo que fue... ¡Qué confusión!
Si ya acabó mi papel,
supremo y divino Autor,
dad a mis yerros disculpa,
pues arrepentido estoy.

(Vase por la puerta del ataúd, y todos se han de ir por ella.)

Mundo
Pidiendo perdón el Rey,
bien su papel acabó.

Hermosura
De en medio de sus vasallos,
de su pompa y de su honor,
faltó el Rey.

Labrador
No falte en mayo
el agua al campo en sazón,
que con buen año y sin rey
lo pasaremos mejor.

Discreción
Con todo, es gran sentimiento.

Hermosura
Y notable confusión.
¿Qué haremos sin él?

Rico
Volver
a nuestra conversación.
Dinos, tú, lo que imaginas.

Hermosura
Aquesto imagino yo.

Mundo
¡Qué presto se consolaron
los vivos de quien murió!

Labrador
Y más cuando el tal difunto
mucha hacienda les dejó.

Hermosura
Viendo estoy mi beldad hermosa y pura;
ni al rey envidio, ni sus triunfos quiero,
pues más ilustre imperio considero

que es el que mi belleza me asegura.
Porque si el rey avasallar procura
las vidas, yo, las almas; luego infiero
con causa que mi imperio es el primero,
pues que reina en las almas la hermosura.
Pequeño mundo la filosofía
llamó al hombre; si en él mi imperio fundo,
como el cielo lo tiene, como el suelo,
bien puede presumir la deidad mía
que el que al hombre llamó pequeño mundo,
llamará a la mujer pequeño cielo.

Mundo

No se acuerda de Ezequiel
cuando dijo que trocó
la soberbia, a la hermosura,
en fealdad, la perfección.

Voz (Canta.)

Toda la hermosura humana
en una temprana flor,
marchítese, pues la noche
ya de su aurora llegó.

Hermosura

Que fallezca la hermosura
dice una triste canción.
No fallezca, no fallezca.
Vuelva a su primer albor.
Mas, ¡ay de mí!, que no hay rosa
de blanco o rojo color
que a las lisonjas del día,
que a los halagos del Sol
saque a deshojar sus hojas,

que no caduque; pues no
vuelve ninguna a cubrirse
dentro del verde botón.
Mas ¿qué importa que las flores,
del alba breve candor,
marchiten del Sol dorado
halagos de su arrebol?
¿Acaso tiene conmigo
alguna comparación,
flor en que ser y no ser
términos continuos son?
No, que yo soy flor hermosa
de tan grande duración,
que si vio el Sol mi principio
no verá mi fin el Sol.
Si eterna soy, ¿cómo puedo
fallecer? ¿Qué dices, voz?

(Canta Voz.)

Voz

Que en el alma eres eterna,
y en el cuerpo mortal flor.

Hermosura

Ya no hay réplica que hacer
contra aquesta distinción.
De aquella cuna salí
y hacia este sepulcro voy.
Mucho me pesa no haber
hecho mi papel mejor.

(Vase.)

Mundo — Bien acabó el papel, pues
arrepentida acabó.

Rico — De entre las galas y adornos
y lozanías faltó
la Hermosura.

Labrador — No nos falte
pan, vino, carne y lechón
por Pascua, que a la Hermosura
no la echaré menos yo.

Discreción — Con todo, es tristeza grande.

Pobre — Y aun notable compasión.
¿Qué habemos de hacer?

Rico — Volver
a nuestra conversación.

Labrador — Cuando el ansioso cuidado
con que acudo a mi labor
miro sin miedo al calor
y al frío desazonado,
y advierto lo descuidado
del alma, tan tibia ya,
la culpo, pues dando está
gracias de cosecha nueva
al campo porque la lleva
y no a Dios que se la da.

Mundo — Cerca está de agradecido

quien se conoce deudor.

Pobre — A este labrador me inclino
aunque antes me reprehendió.

(Canta Voz.)

Voz — Labrador, a tu trabajo
término fatal llegó;
ya lo serás de otra tierra,
dónde será, sabe Dios.

Labrador — Voz, si de la tal sentencia
admites apelación,
admíteme, que yo apelo
a tribunal superior.
No muera yo en este tiempo,
aguarda sazón mejor,
siquiera porque mi hacienda
la deje puesta en sazón;
y porque, como ya dije,
soy maldito labrador,
como lo dicen mis viñas
cardo a cardo y flor a flor,
pues tan alta está la yerba
que duda el que la miró
un poco apartado dellas
si mieses o viñas son.
Cuando panes del lindero
son gigante admiración,
casi enanos son los míos,
pues no salen del terrón.

Dirá quien aquesto oyere
que antes es buena ocasión
estando el campo sin fruto
morirme, y respondo yo:
«Si dejando muchos frutos
al que hereda, no cumplió
testamento de sus padres,
¿qué hará sin frutos, señor?»
Mas, pues no es tiempo de gracias,
pues allí dijo una voz
que me muero, y el sepulcro
la boca, a tragarme, abrió;
si mi papel no he cumplido
conforme a mi obligación,
pésame que no me pese
de no tener gran dolor.

(Vase.)

Mundo

Al principio le juzgué
grosero, y él me advirtió
con su fin de mi ignorancia.
¡Bien acabó el labrador!

Rico

De azadones y de arados,
polvo, cansancio y sudor
ya el labrador ha faltado.

Pobre

Y afligidos nos dejó.

Discreción

¡Qué pena!

Pobre ¡Qué desconsuelo!

Discreción ¡Qué llanto!

Pobre ¡Qué confusión!

Discreción ¿Qué habemos de hacer?

Rico Volver
a nuestra conversación;
y, por hacer lo que todos,
digo lo que siento yo.
¿A quién mirar no le asombra
ser esta vida una flor
que nazca con el albor
y fallezca con la sombra?
Pues si tan breve se nombra,
de nuestra vida gocemos
el rato que la tenemos:
Dios a nuestro vientre hagamos.
¡Comamos hoy y bebamos,
que mañana moriremos!

Mundo De la Gentilidad es
aquella proposición,
así lo dijo Isaías.

Discreción ¿Quién se sigue ahora?

Pobre Yo.
Perezca, Señor, el día
en que a este mundo nací.

Perezca la noche fría
en que concebido fui
para tanta pena mía.
No la alumbre la luz pura
del Sol entre oscuras nieblas:
todo sea sombra oscura,
nunca venciendo la dura
opresión de las tinieblas.
Eterna la noche sea
ocupando pavorosa
su estancia, y porque no vea
el cielo, caliginosa
oscuridad la posea.
De tantas vivas centellas
luces sea su arrebol,
día sin aurora y Sol,
noche sin Luna ni estrellas.
No porque si me he quejado
es, Señor, que desespero
por mirarme en tal estado,
sino porque considero
que fui nacido en pecado.

Mundo

Bien ha engañado las señas
de la desesperación,
que así, maldiciendo el día,
maldijo el pecado Job.

(Canta Voz.)

Voz

Número tiene la dicha,
número tiene el dolor;

de ese dolor y esa dicha
venid a cuentas los dos.

Rico ¡Ay de mí!

Pobre ¡Qué alegre nueva!

Rico Desta voz que nos llamó,
¿tú no te estremeces?

Pobre Sí.

Rico ¿No procuras huir?

Pobre No,
que el estremecerse es
una natural pasión
del ánimo, a quien como hombre
temiera Dios, con ser Dios.
Mas si el huir será en vano,
porque si della no huyó
a su sagrado el poder,
la hermosura a su blasón,
¿dónde podrá la pobreza?
Antes mil gracias le doy,
pues con esto acabará
con mi vida mi dolor.

Rico ¿Cómo no sientes dejar
el teatro?

Pobre Como no

dejo en él ninguna dicha,
voluntariamente voy.

Rico — Yo ahorcado, porque dejo
en la hacienda el corazón.

Pobre — ¡Qué alegría!

Rico — ¡Qué tristeza!

Pobre — ¡Qué consuelo!

Rico — ¡Qué aflicción!

Pobre — ¡Qué dicha!

Rico — ¡Qué sentimiento!

Pobre — ¡Qué ventura!

Rico — ¡Qué rigor!

(Vanse los dos.)

Mundo — ¡Qué encontrados al morir
el rico y el pobre son!

Discreción — En efecto, en el teatro
sola me he quedado yo.

Mundo — Siempre lo que permanece
más en mí es la religión.

Discreción Aunque ella acabar no puede,
yo sí, porque yo no soy
la Religión, sino un miembro
que aqueste estado eligió.
Y antes que la voz me llame
yo me anticipo a la voz
del sepulcro, pues ya en vida
me sepulté, con que doy,
por hoy, fin a la comedia,
que mañana hará el Autor.
Enmendaos para mañana
los que veis los yerros de hoy.

(Ciérrase el globo de la Tierra.)

Autor Castigo y premio ofrecí
a quien mejor o peor
representase, y verán
qué castigo y premio doy.

(Ciérrase el globo celeste, y en él el Autor.)

Mundo ¡Corta fue la comedia! Pero ¿cuándo
no lo fue la comedia desta vida,
y más para el que está considerando
que toda es una entrada, una salida?
Ya todos el teatro van dejando,
a su primer materia reducida
la forma que tuvieron y gozaron;
polvo salgan de mí, pues polvo entraron.
Cobrar quiero de todos con cuidado

las joyas que les di con que adornasen
la representación en el tablado,
pues solo fue mientras representasen.
Pondreme en esta puerta y, avisado,
haré que mis umbrales no traspasen
sin que dejen las galas que tomaron:
polvo salgan de mí, pues polvo entraron.

(Sale el Rey.)

Di, ¿qué papel hiciste tú, que ahora
el primero a mis manos has venido?

Rey

Pues ¿el Mundo quién fui tan presto ignora?

Mundo

El Mundo lo que fue pone en olvido.

Rey

Aquel fui que mandaba cuanto dora
el Sol, de luz y resplandor vestido,
desde que en brazos de la aurora nace,
hasta que en brazos de la sombra yace.
Mandé, juzgué, regí muchos estados;
hallé, heredé, adquirí grandes memorias;
vi, tuve, concebí cuerdos cuidados;
poseí, gocé, alcancé varias victorias.
Formé, augmenté, valí varios privados;
hice, escribí, dejé raras historias;
vestí, imprimí, ceñí en ricos doseles
las púrpuras, los cetros y laureles.

Mundo

(Quítaselo.)

Pues deja, suelta, quita la corona;
la majestad, desnuda, pierde, olvida,
vuélvase, torne, salga tu persona
desnuda de la farsa de la vida.
La púrpura, de quien tu voz blasona,

presto de otro se verá vestida,
porque no has de sacar de mis crueles
manos, púrpuras, cetros ni laureles.

Rey
¿Tú no me diste adornos tan amados?
¿Cómo me quitas lo que ya me diste?

Mundo
Porque dados no fueron, no, prestados
sí, para el tiempo que el papel hiciste.
Déjame para otro los estados,
la majestad y pompa que tuviste.

Rey
¿Cómo de rico fama solicitas,
si no tienes qué dar si no lo quitas?
¿Qué tengo de sacar en mi provecho
de haber, al mundo, al rey representado?

Mundo
Esto, el Autor, si bien o mal lo has hecho,
premio o castigo te tendrá guardado,
que no me toca a mí, según sospecho,
conocer tu descuido o tu cuidado:
cobrar me toca el traje que sacaste,
porque me has de dejar como me hallaste.

(Sale la Hermosura.) ¿Qué has hecho tú?

Hermosura
La gala y la hermosura.

Mundo
¿Qué te entregué?

Hermosura
Perfecta una belleza.

Mundo — Pues ¿dónde está?

Hermosura — Quedó en la sepultura.

Mundo — Pasmose aquí la gran Naturaleza
viendo cuán poco la hermosura dura,
que aun no viene a parar adonde empieza,
pues al querer cobrarla yo, no puedo;
ni la llevas, ni yo con ella quedo.
El Rey, la majestad en mí ha dejado;
en mí ha dejado el lustre la grandeza.
La belleza no puedo haber cobrado,
que espira con el dueño la belleza.
Mírate a ese cristal.

Hermosura — Ya me he mirado.

Mundo — ¿Dónde está la beldad, la gentileza
que te presté? Volvérmela procura.

Hermosura — Toda la consumió la sepultura.
Allí dejé matices y colores,
allí perdí jazmines y corales,
allí desvanecí rosas y flores,
allí quebré marfiles y cristales.
Allí turbé afecciones y primores,
allí borré designios y señales,
allí eclipsé esplendores y reflejos,
allí aún no toparás sombras y lejos.

(Sale el Labrador.)

Mundo Tú, villano, ¿qué hiciste?

Labrador Si villano
era fuerza que hiciese, no te asombre,
un labrador, que ya tu estilo vano
a quien labra la tierra da ese nombre.
Soy a quien trata siempre el cortesano
con vil desprecio y bárbaro renombre;
y soy, aunque de serlo no me aflijo,
por quien el él, el vos y el tú se dijo.

Mundo Deja lo que te di.

Labrador Tú, ¿qué me has dado?

Mundo Un azadón te di.

Labrador ¡Qué linda alhaja!

Mundo Buena o mala, con ella habrás pagado.

Labrador ¿A quién el corazón no se le raja
viendo que deste mundo desdichado
de cuanto la codicia vil trabaja
un azadón, de la salud castigo,
aun no le han de dejar llevar consigo?

(Salen el Rico y el Pobre.)

Mundo ¿Quién va allá?

Rico Quien de ti nunca quisiera

salir.

Pobre — Y quien de ti siempre ha deseado
salir.

Mundo — ¿Cómo los dos de esa manera
dejarme y no dejarme habéis llorado?

Rico — Porque yo rico y poderoso era.

Pobre — Y yo porque era pobre y disdichado.

Mundo (Quítaselas.) Suelta estas joyas.

Pobre — Mira qué bien fundo
no tener que sentir dejar el mundo.

(Sale el Niño.)

Mundo — Tú, que al teatro a recitar entraste,
¿cómo, di, en la comedia no saliste?

Niño — La vida en un sepulcro me quitaste.
Allí te dejo lo que tú me diste.

(Sale la Discreción.)

Mundo — Cuando a las puertas del vivir llamaste,
tú, para adorno tuyo, ¿qué pediste?

Discreción — Pedí una religión y una obediencia,
cilicios, diciplinas y abstinencia.

Mundo

Pues déjalo en mis manos; no me puedan
decir que nadie saca sus blasones.

Discreción

No quiero, que en el mundo no se quedan
sacrificios, afectos y oraciones;
conmigo he de llevarlos, porque excedan
a tus mismas pasiones tus pasiones;
o llega a ver si ya de mí las cobras.

Mundo

No te puedo quitar las buenas obras.
Estas solas del mundo se han sacado.

Rey

¡Quién más reinos no hubiera poseído!

Hermosura

¡Quién más beldad no hubiera deseado!

Rico

¡Quién más riquezas nunca hubiera habido!

Labrador

¡Quién más, ay Dios, hubiera trabajado!

Pobre

¡Quién más ansias hubiera padecido!

Mundo

Ya es tarde; que en muriendo, no os asombre,
no puede ganar méritos el hombre.
Ya que he cobrado augustas majestades,
ya que he borrado hermosas perfecciones,
ya que he fustrado altivas vanidades,
ya que he igualado cetros y azadones,
al teatro pasad de las verdades,
que este el teatro es de las ficciones.

Rey

¿Cómo nos recibiste de otra suerte
que nos despides?

Mundo

La razón advierte:
cuando algún hombre hay algo que reciba,
las manos pone atento a su fortuna,
en esta forma; cuando con esquiva
acción lo arroja, así las vuelve; de una
suerte, puesta la cuna boca arriba
recibe al hombre, y esta misma cuna,
vuelta al revés, la tumba suya ha sido.
Si cuna os recibí, tumba os despido.

Pobre

Pues que tan tirano el mundo
de su centro nos arroja,
vamos a aquella gran cena
que en premio de nuestras obras
nos ha ofrecido el Autor.

Rey

¿Tú también tanto baldonas
mi poder, que vas delante?
¿Tan presto de la memoria
que fuiste vasallo mío,
mísero mendigo, borras?

Pobre

Ya acabado tu papel,
en el vestuario ahora
del sepulcro iguales somos,
lo que fuiste poco importa.

Rico

¿Cómo te olvidas que a mí

ayer pediste limosna?

Pobre
¿Cómo te olvidas que tú
no me la diste?

Hermosura
¿Ya ignoras
la estimación que me debes
por más rica y más hermosa?

Discreción
En el vestuario ya
somos parecidas todas,
que en una pobre mortaja
no hay distinción de personas.

Rico
¿Tú vas delante de mí,
villano?

Labrador
Deja las locas
ambiciones, que ya muerto,
del Sol que fuiste eres sombra.

Rico
No sé lo que me acobarda
el ver al Autor ahora.

Pobre
Autor del cielo y la tierra,
ya tu compañía toda,
que hizo de la vida humana
aquella comedia corta,
a la gran cena, que tú
ofreciste, llega; corran
las cortinas de tu solio
aquellas cándidas hojas.

(Con música se descubre otra vez el globo celeste, y en él una mesa con cáliz y ostia, y el Autor sentado a ella, y sale el Mundo.)

Autor

Esta mesa, donde tengo
pan que los cielos adoran
y los infiernos veneran,
os espera; mas importa
saber los que han de llegar
a cenar conmigo ahora,
porque de mi compañía
se han de ir los que no logran
sus papeles, por salvarles
entendimiento y memoria
del bien que siempre les hice
con tantas misericordias.
Suban a cenar conmigo
el pobre y la religiosa
que, aunque por haber salido
del mundo este pan no coman,
sustento será adorarle
por ser objeto de gloria.

(Suben los dos.)

Pobre

¡Dichoso yo! ¡Oh, quién pasara
más penas y más congojas,
pues penas por Dios pasadas
cuando son penas son glorias!

Discreción

Yo, que tantas penitencias
hice, mil veces dichosa,

pues tan bien las he logrado.
Aquí dichoso es quien llora
confesando haber errado.

Rey

Yo, señor, ¿entre mis pompas
ya no te pedí perdón?
Pues ¿por qué no me perdonas?

Autor

La hermosura y el poder,
por aquella vanagloria
que tuvieron, pues lloraron,
subirán, pero no ahora,
con el labrador también,
que aunque no te dio limosna,
no fue por no querer darla,
que su intención fue piadosa,
y aquella reprehensión
fue en su modo misteriosa,
para que tú te ayudases.

Labrador

Esa fue mi intención sola,
que quise mal vagamundos.

Autor

Por eso os lo premio ahora,
y porque llorando culpas
pedisteis misericordia,
los tres en el Purgatorio
en su dilación penosa
estaréis.

Discreción

Autor divino
en medio de mis congojas

el Rey me ofreció su mano
y yo he de dársela ahora.

(Da la mano al Rey, y sube.)

Autor

Yo le remito la pena,
pues la religión le abona;
pues vivió con esperanzas,
vuele el siglo, el tiempo corra.

Labrador

Bulas de difuntos llueven
sobre mis penas ahora,
tantas que por llegar antes
se encuentren unas a otras;
pues son estas letras santas
del Pontífice de Roma
mandamientos de soltura
desta cárcel tenebrosa.

Niño

Si yo no erré mi papel,
¿por qué no me galardonas,
gran Señor?

Autor

Porque muy poco
le acertaste; y así, ahora,
ni te premio ni castigo.
Ciego, ni uno ni otro goza,
que en fin naces del pecado.

Niño

Ahora, noche medrosa
como en un sueño me tiene,
ciego, sin pena ni gloria.

Rico

Si el poder y la hermosura,
por aquella vanagloria
que tuvieron, con haber
llorado, tanto se asombran,
y el labrador, que a gemidos
enterneciera una roca,
está temblando de ver
la presencia poderosa
de la vista del Autor,
¿cómo oso mirarla ahora?
Mas es preciso llegar,
pues no hay adonde me esconda
de su riguroso juicio.
¡Autor!

Autor

¿Cómo así me nombras?
Que aunque soy tu Autor, es bien
que de decirlo te corras,
pues que ya en mi compañía
no has de estar. De ella te arroja
mi poder. Desciende adonde
te atormenta tu ambiciosa
condición eternamente
entre penas y congojas.

Rico

¡Ay de mí! Que envuelto en fuego
caigo, arrastrando mi sombra
donde ya que no me vea
yo a mí mismo, duras rocas
sepultarán mis entrañas
en tenebrosas alcobas.

Discreción
Infinita gloria tengo.

Hermosura
Tenerla espero dichosa.

Labrador
Hermosura, por deseos
no me llevarás la joya.

Rico
No la espero eternamente.

Niño
No tengo para mí gloria.

Autor
Las cuatro postrimerías
son las que presentes notan
vuestros ojos, y porque
destas cuatro se conozca
que se ha de acabar la una,
suba la Hermosura ahora
con el Labrador, alegres
a esta mesa misteriosa,
pues que ya por sus fatigas
merecen grados de gloria.

(Suben los dos.)

Hermosura
¡Qué ventura!

Labrador
¡Qué consuelo!

Rico
¡Qué desdicha!

Rey
¡Qué victoria!

Rico ¡Qué sentimiento!

Discreción ¡Qué alivio!

Pobre ¡Qué dulzura!

Rico ¡Qué ponzoña!

Niño Gloria y pena hay, pero yo
ni tengo pena ni gloria.

Autor Pues el ángel en el cielo,
en el mundo las personas
y en el infierno el Demonio,
todos a este pan se postran;
en el infierno, en el cielo
y mundo a un tiempo se oigan
dulces voces que le alaben
acordadas y sonoras.

(Tocan chirimías, cantando el Tantum ergo muchas veces.)

Mundo Y pues representaciones
es aquesta vida toda,
merezca alcanzar perdón
de las unas y las otras.

Fin de la comedia

Libros a la carta

A la carta es un servicio especializado para
empresas,
librerías,
bibliotecas,
editoriales
y centros de enseñanza;
y permite confeccionar libros que, por su formato y concepción, sirven a los propósitos más específicos de estas instituciones.
Las empresas nos encargan ediciones personalizadas para marketing editorial o para regalos institucionales. Y los interesados solicitan, a título personal, ediciones antiguas, o no disponibles en el mercado; y las acompañan con notas y comentarios críticos.
Las ediciones tienen como apoyo un libro de estilo con todo tipo de referencias sobre los criterios de tratamiento tipográfico aplicados a nuestros libros que puede ser consultado en Linkgua-ediciones.com.
Linkgua edita por encargo diferentes versiones de una misma obra con distintos tratamientos ortotipográficos (actualizaciones de carácter divulgativo de un clásico, o versiones estrictamente fieles a la edición original de referencia).
Este servicio de ediciones a la carta le permitirá, si usted se dedica a la enseñanza, tener una forma de hacer pública su interpretación de un texto y, sobre una versión digitalizada «base», usted podrá introducir interpretaciones del texto fuente. Es un tópico que los profesores denuncien en clase los desmanes de una edición, o vayan comentando errores de interpretación de un texto y esta es una solución útil a esa necesidad del mundo académico.
Asimismo publicamos de manera sistemática, en un mismo catálogo, tesis doctorales y actas de congresos académicos, que son distribuidas a través de nuestra Web.

El servicio de «libros a la carta» funciona de dos formas.

1. Tenemos un fondo de libros digitalizados que usted puede personalizar en tiradas de al menos cinco ejemplares. Estas personalizaciones pueden ser de todo tipo: añadir notas de clase para uso de un grupo de estudiantes, introducir logos corporativos para uso con fines de marketing empresarial, etc. etc.

2. Buscamos libros descatalogados de otras editoriales y los reeditamos en tiradas cortas a petición de un cliente.

www.ingramcontent.com/pod-product-compliance
Lightning Source LLC
LaVergne TN
LVHW101929220826
846093LV00009B/404

9788490075425